Le Code de la propriété intellectuelle interdit les copies ou reproductions destinées à une utilisation collective.

Toute représentation ou représentation intégrale ou partielle faite par quelque procédé que ce soit, sans le consentement de l'Auteure ou de ses ayants droits est illicite et constitue une contrefaçon sanctionnée par les articles L335-2 et suivants du Code de la propriété intellectuelle.

Editeur : Books on Demand GmbH, 12/14 rond-point des Champs Elysées, 75008 Paris, France

Impression : Books on Demand GmbH, Norderstedt, Allemagne

Dépôt légal : Janvier 2018

L'enfer c'est les autres

Jean-Paul Sartre

A

Lily-Marie BARRADEL Ma petite-fille avec qui j'ai parcouru contrées et pays.

Merci pour ces délicieux moments.

Je t'aime

DOMINIQUE GODART

**LES VOYAGES !
EN QUELQUES NOUVELLES !**

LA DIAGONALE DES FOUS

Olivier, dossard numéro 008

Maxime, dossard numéro 009

Géraldine, dossard numéro 010

Et moi, Sarah, dossard numéro 011

Le cirque de Mafate, est le poumon végétal de l'île de la Réunion.

Je suis venue quelques jours avant pour repérer les difficultés du parcours de la « Diagonale des Fous » et les appréhender. Je découvre ce cirque qui n'est accessible qu'à pieds par les sentiers de montagne. Je saute par-dessus des torrents, je longe des ravines, je traverse une forêt luxuriante, je croise des fleurs multicolores, et des oiseaux aux plumages très colorés.

Après ces belles images dans la tête, je me concentre sur ce qui m'amène ici.

Je viens participer à ce raid réunionnais : traverser l'île de la Réunion du Sud au Nord. Je pars de Saint-Pierre, petite ville au Sud, pour rejoindre Saint-Denis, ville au Nord, par la forêt, en traversant trois cirques : Le Piton de la Fournaise, le Cirque de Mafate et celui de Cilaos. Soit 167 kilomètres avec un dénivelé de 9700 mètres à parcourir par équipe en vingt-quatre heures maximum.

C'est la première fois que j'y participe. Je me suis entraînée durement.

Je me suis lancé ce défi après une vie sentimentale chaotique.

J'ai subi violences morales, violences physiques, manipulations mentales... Impossible d'en sortir... J'étais aliénée, prise au piège. Je m'étais habituée à cette vie.

J'avais pris quarante kilos ! Je me détestais.

Puis, un jour j'ai ouvert les yeux. J'ai réagi. J'ai quitté le domicile conjugal. Je me suis cachée des mois durant pour échapper à mon bourreau. Progressivement, j'ai appris à revivre, à vivre pour moi, à ne plus avoir peur.

J'ai trouvé un travail dans un gymnase. Je l'ai rencontré le premier jour de mon embauche. Ce fut un réel coup de foudre. Sans lui, je n'aurais pas pu m'en sortir.

Je pensais à lui, je rêvais de lui. Je le ressentais au plus profond de moi. Sans lui, je n'aurais pas eu la force de me surpasser, d'aller plus loin.

Ne vous méprenez pas ! Je parle du sport !

Je m'entraîne matin et soir. Ma vie est bercée par la course contre la montre, par les étirements, par une nouvelle hygiène de vie, par un entraînement très intensif : encore plus d'heures d'efforts journaliers, plus d'endurance, plus de musculation, plus de travail sur le mental, toujours plus, et encore plus.

J'ai perdu trente-cinq kilos. Mon corps malgré tout conserve certains stigmates lourds à porter dans la pratique de cette discipline.

J'ai appris à vivre avec ces kilos de trop, avec cette peau flasque qui se balance quand je cours. Je les ai domptés, je les ai fait miens, je me suis habituée à eux.

J'ai gainé ma sangle abdominale, j'ai sanglé d'une gaine élastique cette chair avachie, molle, l'empêchant ainsi de ballotter en tous sens.

Ma poitrine menue, quel que soit mon poids et ressemblant à des pis de vache, a été elle-aussi emballée dans une brassière "push-up" en coton élasthanne, formant de petites pommes rondes sous mon tee-shirt.

J'ai positivé mon physique. J'ai gagné la première partie de mon pari : retrouver l'estime de moi.

Me voilà donc présente au raid le plus difficile au monde. Cela change des marathons sur bitume ou terrain argileux. J'ai quelques courses à mon actif, toutes soldées par de mauvais résultats.

Je me sens en forme et motivée.

Les autres concurrents ont un corps sec. Leur short flotte comme un drapeau autour de leurs cuisses minces et musclées.

« Je ne leur ressemble pas physiquement ! Allez ! Allez ! Ressaisis-toi ! Ne te laisse pas aller au blues, tu as tout fait pour être ici», me dis-je

- Bonjour, je suis Sarah, j'arrive de Bruxelles ! C'est la première fois que vous participez à ce raid réunionnais ?

- Oui ! répond Olivier précisant qu'il est luxembourgeois.

- Nous sommes réunionnais d'adoption et nous le faisons pour la troisième fois expliquent tour à tour Géraldine et Maxime.

L'angoisse s'empare alors de moi. *«Suis-je à la hauteur » ? « Ils me paraissent tellement forts ». Me dis-je tout bas. Je ne dois pas me laisser intimider. Je ne leur demande pas leur palmarès pour ne pas être déstabilisée.*

La course se court par équipe. Pourraient-ils être mon leurre comme dans une course de lévriers?

Il est quatre heures du matin, je viens de terminer mon petit-déjeuner.

L'organisateur de la course donne les premières consignes :

- Mesdames et Messieurs, votre attention s'il vous plaît, crie l'homme dans un mégaphone. Nous vous recommandons la plus grande vigilance ! Le parcours est escarpé, et très long ! Vous trouverez des stands de ravitaillement et de réhydratation ! Vous partez par groupe de quatre, par intervalle de cinq minutes ! Les équipes n'ont pas obligation d'arriver ensemble, c'est la moyenne des temps des concurrents du groupe qui est prise en compte ! Chaque dossard est équipé d'une puce électronique. Je vous souhaite une bonne course ! Que le meilleur gagne ! Je vous invite à rejoindre vos places pour le départ.

Je suis fébrile, j'ai presque envie de partir, on dirait que ma confiance me lâche.

« Résiste, c'est un mauvais moment », me dis-je.

Tous les quatre sommes sur la ligne de départ.

L'organisateur commence à compter 1, 2, 3 …Top départ.

Dès les premiers cents mètres, Olivier distance tout le monde…puis se blesse quelques mètres plus loin. Foulure grave ! Il quitte la course, des grimaces de douleurs et les larmes de rage !

« Autant d'entraînement pour rien, être victime d'un accident ! Pourvu que ça ne m'arrive pas, je serais vraiment poursuivie par la malchance ! Ce serait un comble » ! Me pensè-je.

Géraldine et Maxime sont maintenant coude à coude devant moi !

Néanmoins je ne suis pas trop loin derrière. Je pense à la Fable de la Fontaine, « Le Lièvre et la Tortue »…

J'attaque les montées, les raides montées ! Je souffre le martyre, j'étais loin de m'imaginer les difficultés de ce raid. « C'est la course de l'Enfer ».

Je suis toujours derrière eux, ils me distancent de plus en plus mais je m'accroche. Je ne céderai pas à l'envie d'abandonner. Je sors le grand jeu, je tire sur mes bras, je monte progressivement en puissance, mes muscles se tendent, je vais conserver ce rythme un bon moment, je ne dois pas me fatiguer trop tôt afin de conserver toute l'énergie pour l'arrivée.

«Une vie de violences sans rien dire, un moral d'acier inébranlable, mon corps et mon mental résisteront à ces difficultés ! Je resterai dans la course ! Je veux franchir la ligne d'arrivée en un temps que je me suis imposé : vingt-deux heures maximum»! Si je veux être parmi les mieux classée.

Je suis toujours distancée par Géraldine et Maxime. Certains coureurs des équipes suivantes me dépassent déjà.

«J'ai envie de pleurer, je n'y arriverai pas me dis-je ! Tout ça à cause de ce pervers ! Oui, je lui en veux d'avoir terni ma vie ainsi. Pour me retrouver, je me suis fixée ce challenge ! Les larmes de rage coulent sur mes joues en feu».

J'ai perdu de vue mes deux co-équipiers !

Oh pétard ! Ils courent plus vite que leur ombre ! Me dis-je.

J'arrive à une intersection, j'angoisse. Concentrée sur mes efforts, je ne me souviens plus du parcours. J'hésite : à droite ? A gauche ? Personne devant moi pour me guider, beaucoup m'ont distancée…Je ne dois pas céder à la panique !

Le nord est là devant moi, d'après mes souvenirs je dois aller vers l'Est ! Allez, sans hésitation, je prends à droite.

Le sentier est de plus en plus étroit, plus sinueux et plus pentu.

Des arbrisseaux me griffent les jambes, les branches des arbres me fouettent le visage. «Seuls les fous peuvent s'aventurer dans ce raid ! Cette course porte bien son nom !

Je souffle ! J'aperçois devant moi un petit peloton.

Suis soulagée, j'ai pris le bon chemin, je redouble d'efforts. L'arrivée n'est plus très loin.

Le panneau m'indique qu'il me reste encore trois kilomètres à parcourir.

Je vais l'avoir ce graal ….Sûrement pas sous forme de médaille, mais un graal que j'accorde à ma persévérance, à la force de mon mental. Je suis fière de moi.

Le règlement dit : les équipes doivent se reformer à l'arrivée.

Plus qu'un kilomètre ! J'y suis ! J'ai réussi mon pari !

M'y voilà ! Je franchis la ligne d'arrivée ! Je suis au sommet de la plaine ! Je domine le monde ! Je souffle comme le taureau entrant dans l'arène ! Je m'effondre sur le sol, épuisée. Ma respiration devient plus régulière…mon pouls se calme, mon cœur bat moins vite.

Je regarde le bleu du ciel, sans moutons cotonneux. Monsieur Soleil pointe son nez, Madame La Lune va se coucher.

Il est cinq heures du matin. J'ai tenu ! Je suis remplie de bonheur. Il n'y a plus qu'à attendre le temps réalisé.

Après moi arrivent encore des coureurs. Je ne suis pas la dernière, je suis soulagée, les meilleurs m'ont distancée, certes, mais je ne suis donc pas en queue de peloton.

Je reprends mes esprits, je me relève et cherche mes deux co-équipiers, Maxime et Géraldine.

Je furette partout, je tourne sur moi-même, les cherchant dans la foule.

Olivier est disqualifié à cause de sa blessure, son absence ne pénalise pas l'équipe.

Mais où sont Maxime et Géraldine ?

Ben voilà, me dis-je, tout ça pour rien ! Ils ne sont pas là ! Je ne dois pas rester seule, sinon mon temps n'est pas validé. C'est la moyenne de l'équipe qui est retenue pour monter sur le podium.

Je commence à avoir des sueurs d'angoisse. Je les cherche ! C'est incroyable ! Ce n'est pas possible j'ai la poisse ! Mais ils sont où ces deux-là ? Bien la peine d'avoir couru comme des autruches pour au final ne pas être là…

Durant mes pensées, le restant des coureurs arrive progressivement.

Ca y est, voilà le dernier !

Une collation de fruits frais, de jus de fruit et de biscuits secs nous est offerte pour récupérer notre énergie.

Je me jette sur ces douceurs, oubliant les efforts pour perdre les kilos, tant pis, j'engloutis tout ce qui se trouve devant moi. «J'ai quand même brûlé pas mal de calories pour me permettre ces écarts». Me dis-je pour déculpabiliser.

Je me retourne pour chercher mes partenaires. Et qui vois-je arriver une heure après le dernier concurrent ? Géraldine et Maxime! Fourbus, assoiffés, épuisés, ils franchissent enfin la ligne d'arrivée.

Je les laisse récupérer, m'approche d'eux après quelques longues minutes pour leur demander ce qu'il leur est arrivé.

Maxime m'explique qu'à l'intersection ils ont pris à gauche à tort et qu'ils ont mal mémorisé le chemin, ce qui explique leur énorme retard.

Puis arrive une pléiade d'excuses :

- Nous sommes désolés Sarah, vraiment désolés, notre vitesse du début maintenue tout le long du parcours nous donnait gagnant explique Maxime !

- Oui, ajoute Géraldine, ne nous en veuillez pas, soyez fair-play !

- Etre fair-play ? Vous savez ce que m'a coûté d'être ici ? Vous savez tous les efforts que ça m'a demandé ? Je n'ai pas votre physique ! J'ai dû perdre trente-cinq kilos ! J'ai bossé comme une forcenée pour faire ce raid ! J'avais décidé de le gagner ! Je voulais le gagner ! Je devais le gagner ! Vous m'avez réduite à néant ! Et vous dites avoir fait le parcours deux fois déjà ? J'hallucine !

- Reste calme ! Ne t'énerve pas ! On te comprend mais ce n'est qu'une course après tout.

- Quoi ? Tu me demandes de rester zen ? J'ai perdu cette course à cause de deux écervelés ! Et je dois rester calme ! Bien, en fait vous avez raison, je vais rendre mon dossard. L'équipe sera disqualifiée ! Je vous rappelle le règlement : tout dossard enlevé avant la remise des prix, disqualifie l'équipe ! Alors perdu pour perdu, je vais de ce pas le faire. Arrivée largement avant vous, nous avions des chances de l'emporter ou à défaut être parmi les dix premiers.

Géraldine et Maxime, face à ma colère, restent pantois, désabusés. Je les vois mettre leur tête entre les genoux et les entends pleurer. Sûrement pas de peine ou de regrets !

Pour me rendre à la table des juges, je passe devant une tente militaire qui abrite l'artillerie informatique de la course.

Arrivée à proximité de la porte, je surprends une conversation !

«Je fais la vilaine curieuse» et bien m'en prend.

J'entends un des juges :

- Le temps de l'équipe des dossards 008, 009, 010, 011 ne peut pas être validé, même en les qualifiant de derniers. Maxime et Géraldine...Vous le savez... Ce sont les meilleurs... Ces deux dernières années...N'oubliez pas ...mais cette année, c'est totalement différent... Notre sponsor «Chausse-pied» nous a demandé une faveur....Vous comprenez... Pour ses trois équipes sur six... La coupe a de juteuses retombées sur leur marque ! Ils supplanteraient leurs principaux rivaux...en gagnant…Et nous aurions de belles parts financières.

Une seconde voix prend le relai :

- Notre budget s'amenuise, les dotations de l'état se réduisent, les subventions municipales aussi. Nous avons été obligés de faire appel à ce sponsor privé pour permettre à ce raid unique au monde d'exister encore cette année. C'est avec douleur mais par obligation que nous avons cédé à ce ... à ce ... à cette demande particulière du sponsor. La décision a été difficile. C'est pour la bonne cause que nous avons agi ainsi.

- Puis cette équipe rajoute un juge, a déjà perdu un coureur pour blessure et ce n'est pas la « bibendum » qui était avec eux qui va mettre en valeur le raid. Maxime et Géraldine ont bien joué le jeu : ne pas se donner à fond. Nous les remercierons en subventionnant leur fondation « Sauvegarde des Tortues Marines ». On leur doit bien ça ! En conclusion le temps de l'équipe 008, 009, 010, 011 n'est pas validé.

Je suis abasourdie d'entendre ces propos. Anéantie de me faire traiter de "Bibendum". Je pleure, je freine mes sanglots, personne ne doit savoir que je suis ici, que j'ai entendu la conversation.

« Incroyable, la course est truquée! Maxime et Géraldine sont complices ! Je me ressaisis. Je dois réfléchir vite, je ne vais pas les laisser faire. Un douloureux passé resurgit. Les humiliations, les insultes, les bassesses...C'est fini, c'est terminé ! NONNNNN ! Je ne vais pas en rester là. Je n'ai pas fait tout ça pour rien » !

Je reviens sur mes pas, mon dossard toujours sur le dos, je ne quitterai pas la course ! Je dois agir.

Je vais attendre les résultats, je porterai une réclamation pour raid truqué. Tout va vite dans mon esprit : personne ne me croira, ce sera leur parole contre la mienne.

«Tout le monde pensera que cette concurrente à la morphologie massive rage d'avoir perdu, que c'est la rancœur qui la fait déblatérer etc… ».

Je reste passive, je me suis raisonnée, je n'adresse pas la parole à mes co-équipiers, je m'assois près d'eux.

Maxime m'interroge du regard, car je porte toujours le dossard, il comprend que je me suis rétractée et que j'ai décidé de rester dans la course. Je le toise.

Les résultats sont annoncés. Je reste attentive. Puis j'entends mon nom, Sarah FRITAS, dossard numéro 011, est arrivée première avec un temps de 21 heures et 31 minutes. J'écarquille les yeux ! Je ne comprends pas ! Je regarde Maxime et Géraldine qui ne sourcillent pas.

Je me lève d'un bond, rejoins la table des remises de prix toujours sans comprendre, suivie par mes deux acolytes tricheurs.

J'éclate en sanglots de bonheur et de soulagement, serrant les poings de satisfaction : ironique pensée « la bibendum a gagné ».

On me remet la coupe et des gadgets publicitaires, au logo «Chausse-pied», mon nom apparaîtra dans le tableau des classements nationaux.

J'accepte volontiers ce prix et reste dubitative face à ce revers de situation.

Je vois Maxime se saisir du micro :

- Mesdames, Messieurs, Géraldine et moi tenons à dénoncer publiquement la machination que nous avons subie et à laquelle pris de remords nous venons de nous soustraire : les juges nous ont demandé de faire en sorte de perdre ce raid afin de favoriser les 3 équipes du sponsor. En foi de quoi nous avons exigé des juges qu'ils ne tiennent pas compte de notre temps pour ne pas pénaliser Sarah notre co-équipière qui a réalisé le meilleur temps.

Maxime et Géraldine quittent alors le campus fiers d'avoir retrouvé leur dignité.

Les équipes du sponsor «Chausse-pied» les plus méritantes sont classées troisième et quatrième.

Les juges corrompus se sont excusés publiquement, ont été appréhendés dans la journée.

J'ai rejoint la fondation «SAUVEGARDE DES TORTUES » de Maxime et Géraldine en tant que bénévole.

Désormais je vis heureuse sur l'île de la Réunion où j'ai ouvert une baraque à frites, des frites belges ! Les meilleures mondiales ! Tous les autochtones se précipitent chaque matin « A LA FRITE DE BIBENDUM » pour être les premiers servis.

Moi, Sarah, dossard numéro 011, j'ai eu la chance de ma vie ! J'ai gagné le raid « Diagonale des fous», j'ai vu le sport triompher de la corruption, je vends des frites belges aux gens charmants que sont les réunionnais !

Quelle chance ce bonheur !

La chance peut nous sourire ! Il suffit de le vouloir !

DANS UN VILLAGE EN PAYS DE FAYENCE

Alain, comme tous les vendredis soirs souhaite un bon week-end à ses collègues de travail.

Il quitte le bureau en refermant la porte délicatement derrière lui.

Ce soir, c'est la dernière fois qu'il effectue ce geste.

Alain ne reviendra plus. Fini ! Terminé ! Il est à la retraite !

La voiture déjà chargée de ses effets personnels l'attend sur le parking.

Alain quitte définitivement les Hauts de France, sa région natale.

Il a acheté une maison dans le Sud de la France, dans un des villages du pays de Fayence où il y passait tous ses mois de congés d'été.

Une région provençale dans le Var, où le soleil, quelle que soit la saison, vous enveloppe d'une douce volupté.

Le village, accroché au flanc de la colline surplombe une plaine. Telle une citadelle, il est protégé par un bouclier végétal : chênes massifs, pins résineux, oliviers tortueux, genévriers et arbousiers aux baies généreuses.

Des senteurs variées comme celles de la résine ou du bois vert chatouillent les narines des visiteurs.

Les maisons en pierre apparente sont recouvertes de bougainvillées fuchsia, lierres verts, glycines mauves qui parfument et égayent délicieusement l'atmosphère. D'autres habitations aux murs crépis dans des tons « pierre » sont décorées de quelques bacs fleuris sur le rebord des fenêtres et en harmonie avec cette architecture médiévale.

Les ruelles pavées, étroites et serpentines s'enchevêtrent comme dans un labyrinthe. Les porches campagnards donnent sur des cours.

Certaines ruelles finissent leur chute sur de magnifiques fontaines.

Toutes les maisons possèdent un escalier garni de plantes en pots, comme des rosiers, cactus, thym ou basilic.

La maison d'Alain donne sur la place du village, ombragée grâce à d'énormes platanes centenaires.

Comme tous les après-midi, après sa balade dans le village, il s'installe à la terrasse de la brasserie pour y consommer une boisson fraîche et une pâtisserie.

Au fil du temps, il se rend compte qu'une femme prend place elle aussi à une table voisine et commande un jus de fruit et un gâteau.

Il l'observe, et se surprend à imaginer une flânerie en sa compagnie.

Alain est veuf depuis fort longtemps. Revivre des émotions lui ferait bien plaisir…

Cette femme est grande, élancée, svelte. Elle a un port de tête altier, une paire de lunettes de soleil cache une partie de son visage, ce que regrette Alain pensant qu'elle doit avoir un joli minois.

Des gestes lents et sensuels subliment une allure un tantinet mondaine.

Alain interpelle le garçon de café :

- S'il vous plaît !
- Oui ?

- Offrez de ma part à cette dame une boisson de son choix.

Le serveur s'exécute.

La dame se tourne alors vers Alain et d'un large sourire incline légèrement la tête en signe de remerciements.

Interprétant ce signe comme un encouragement, Alain se lève, prend son verre puis s'avance vers elle et avec raffinement lui propose de lui tenir compagnie.

La femme un peu surprise, se ressaisit néanmoins et lui fait signe de s'asseoir.

Après quelques banalités échangées et voyant qu'il se fait tard, il décide de ne pas l'importuner davantage et suggère de l'accompagner le lendemain après-midi pour découvrir ensemble ce bourg médiéval, ce qu'Isabelle accepte volontiers.

- Parfait ! Conclut-il en lui souhaitant une bonne soirée.

Soudain, il revient sur ses pas, car sous le charme de cette rencontre, il a oublié le protocole de politesse.

- Excusez-moi, je ne me suis pas présenté : Alain Poulain !

- Enchantée ! Isabelle Maes !

- Heureux de vous connaître, réplique Alain qui lui souffle en même temps de l'appeler par son prénom.

- Très bien, merci Alain, donc à demain.

Gentleman, il lui présente ses hommages.

Il rentre chez lui, heureux et rêveur.

Tout en préparant son repas du soir, ivre de joie, il pense à elle.

Au bout de plusieurs minutes de songes, une image revient à son esprit. Cette manière délicieuse et sensuelle de tenir sa cigarette le met dans un terrible émoi.

Le lendemain à 14 heures, Isabelle et Alain partent arpenter les chemins sinueux du village. Elle décrit une jolie fontaine, lui l'emmène vers une jolie maison en pierre et chacun à leur tour vante la beauté des lieux.

Vers 17 heures, le soleil inonde encore la terrasse, ils trouvent une table à l'ombre.

Vêtue d'un caraco en soie jaune et d'un pantalon en lin blanc Alain la trouve divine.

Ils sont maintenant face à face, Alain commande des rafraîchissements puis relance la conversation menée toute l'après-midi.

- Venez-vous ici souvent ? interroge-t-il

- Depuis toujours ! Répond Isabelle expliquant qu'il s'agit du village natal de ses ancêtres.

- J'ai découvert ce village lors de mes pérégrinations dans la région pendant mes congés annuels, j'en suis tombé fou amoureux, puis j'ai décidé d'y passer ma retraite. Quelle différence avec Calais !

- Moi aussi je suis de Calais

- De Calais ! Lance Alain avec surprise.

« Avoir fait autant de kilomètres pour m'éloigner de mon département et me retrouver avec une calaisienne ! Ca alors » ! Pense-t-il.

Le soleil se couche. La luminosité s'atténue.

Isabelle ôte ses lunettes, il découvre un visage fin : de magnifiques yeux verts apparaissent mis en valeur par des sourcils joliment dessinés. Un fard à paupière couleur mordorée lui donne un regard profond. Un soupçon de blush ravive ses pommettes. Un rouge à lèvres pourpre rehausse ses lèvres pulpeuses.

Il est subjugué…

Ils continuent à savourer cette fin d'après-midi.

Il propose un second jus de fruit qu'elle refuse.

Ravis d'avoir passé ce moment ensemble, ils se quittent en se donnant rendez-vous le lendemain, samedi après-midi.

Alain confortablement installé dans son fauteuil, revoit Isabelle… sa manière de tenir la cigarette entre ses doigts fins et manucurés…son regard envoûtant et énigmatique…

Ah non ! Il n'allait pas faire comme lorsqu'il travaillait…que chaque personnage rencontré devenait obsessionnel ! Il n'était pas là dans le cadre d'une enquête ! Bien au contraire…

Néanmoins Isabelle le hante : un chemisier transparent dévoilant une superbe poitrine, une taille affinée par une ceinture tressée révélant de belles hanches…Il s'endort sur ces images sensuelles.

Samedi ! 14 heures !

Elle est déjà là !

« Elle est donc impatiente de me revoir », pense Alain arrivant à son tour.

Il est ébahi par son charme. Aujourd'hui elle porte une robe près du corps en mousseline bleu marine, courte, - un peu trop courte à son goût – laissant apercevoir des jambes fuselées perchées sur des escarpins.

Comment va-t-elle pouvoir marcher sur les chemins pavés ? S'inquiète-t-il avec un air moqueur intérieur.

- Et si nous allions faire un tour à Cannes ? Propose-t-elle spontanément.

- Allez, d'accord ! Répond-il un brin abasourdi par cette proposition quelque peu cavalière de la part d'une femme !

Il croit rêver en plein jour…

Cette femme est bien entreprenante… se dit-il, non sans délectation en pensant à un futur plaisir…

Alors tous deux se lèvent et partent vers une grande aventure…

Visiter Cannes avec une femme audacieuse à ses côtés, Alain ne pouvait espérer mieux, il est aux anges…

Les voilà à destination après une heure de route.

CANNES …

-   Nous y sommes ! lance Isabelle. Le Vieux Cannes ! C'est l'ancien village médiéval aux ruelles pavées, sinueuses et pentues. C'est épuisant pour le visiteur ! Regardez, on aperçoit au loin les îles Lérins !

Isabelle allume une cigarette fine et longue. Ce geste et ce regard ne le laissent pas indifférent !

Elle est là devant moi, un charme fou pour me séduire ! Ne peut-il s'empêcher de penser.

-   Cannes est aussi une ville balnéaire et touristique vous savez, très courtisée pour son festival et sa grande avenue, mondialement connue : la Croisette. Puis il y a sa plage de sable fin, ses boutiques de luxe, ses palaces, et son port aux colossales résidences flottantes. Cannes c'est ça !

Après avoir dégusté une glace sur la Croisette, les voilà repartis vers les hauteurs du pays de Fayence.

Et se quittent à nouveau jusqu'au lendemain.

Alain est fasciné et intrigué par cette femme…

Sa manière d'allumer sa cigarette ! Je connais ce geste…tout comme je connais ce regard songe-t-il !

Il est de plus en plus nerveux, ses anciennes habitudes d'enquêteur le reprennent.

Il cherche dans sa mémoire, il farfouille dans ses souvenirs, fait la liste de tous ses amis proches, de tous ses collègues de travail … Rien ne lui revient en tête, pourtant tout se bouscule, il ne lâche pas l'affaire, il doit trouver.

Il finit par s'endormir…agité…excité …

Le lendemain matin, il s'installe à la terrasse de la brasserie et lit le journal. Il ne doit revoir Isabelle qu'en fin d'après-midi.

Alain déjeune, toujours obsédé par le regard et la gestuelle d'Isabelle.

Portant la fourchette à la bouche, il est saisi d'un souvenir ! Il écarquille les yeux, repose la fourchette et reste pantois :

Ce n'est pas vrai, ce n'est pas possible, dites-moi que je rêve ! S'exclame-t-il.

Alain n'en revient pas, tout se bouscule dans son esprit. Il n'y croit pas …

Il doit s'en assurer, il sait bien qu'on a tous un sosie quelque part…

Il compose alors le numéro du commissariat de Calais et demande à parler à Monsieur Jacques Lambertin, responsable des cartes grises, avec qui il a souvent été en affaires pour des véhicules volés.

On lui répond que Jacques Lambertin a quitté le service quelques mois auparavant pour s'installer dans le Sud.

- Où dans le Sud ? demande Alain à son interlocuteur
- Je crois qu'il est près de Cannes.
- Je vous remercie répond-il en raccrochant.

Alain est abasourdi… C'est impossible, c'est burlesque….c'est surréaliste …

Jacques Lambertin est dans le Sud.

Voilà donc pourquoi il n'avait plus affaire à la même personne aux « cartes grises ».

Jacques Lambertin n'était plus là. Il l'avait bien regretté d'ailleurs, il aimait mener les interrogatoires avec lui.

Jacques Lambertin, son collègue de toujours est là près de lui ! Songe-t-il nostalgique.

Alain a une folle envie de le revoir, de partager des moments amicaux comme au bon vieux temps.

Isabelle qui passait par là, le surprend dans ses pensées.

Il est content de la voir et lui raconte qu'il vient d'apprendre qu'un ami à lui, Jacques Lambertin, est à Cannes.

Il explique à Isabelle que Jacques et lui ont travaillé très longtemps ensemble et qu'ils s'apprécient.

Isabelle reste muette, impassible. Elle tente de maîtriser la moindre émotion qui pourrait transparaître.

- De plus, si j'ai appelé Jacques c'est justement parce que votre ressemblance avec lui est troublante. Et je voulais savoir si par un hasard extraordinaire vous n'étiez pas sa sœur.

- Ah bon ? Je ressemble à votre ami ?

- Oui ! Surtout dans votre manière de tenir la cigarette et dans certains de vos gestes. N'est-ce pas inouï ? C'est absolument génial ! La vie est pleine de surprises…Et si je l'appelais maintenant sur son portable ?

Elle montre des signes de nervosité…

- Ça ne va pas ? Isabelle, qu'avez-vous ? Vous ne vous sentez pas bien ?

- Si ! Si ! Tout va bien ! Je voudrais simplement vous parler ! Mais je préfèrerais que vous l'appeliez avant.

- D'accord répond-il en composant le numéro de portable de Jacques.

Une première sonnerie, puis une deuxième…Incroyable ! C'est le téléphone d'Isabelle qui sonne…Plus incroyable encore Alain voit Isabelle saisir le téléphone et lui répondre : « Bonjour Alain, c'était Jacques » !

Alain reste coi ! Il est estomaqué ! Abasourdi ! Sidéré par cette découverte ! Isabelle est Jacques !

- Eh oui Alain ! Je suis une femme transgenre. Après des années de souffrance et d'aide psychologique, j'ai pu enfin réaliser mon rêve : devenir une femme. Jacques Lambertin n'existe plus depuis des mois, Jacques Lambertin est devenu Isabelle Maes. J'espérais que vous ne me découvriez jamais, c'était sans compter sur le fin limier que vous êtes resté…

Un long silence s'instaure, Isabelle ne sait comment interpréter le regard figé d'Alain.

Inquiète, elle demande : « me conservez-vous votre amitié ? »

- Evidemment ! lui répond Alain, lui prenant la main avec délicatesse et l'entraînant loin du passé sur les chemins du pays de Fayence.

EMOUVANTES RETROUVAILLES

14 heures ! Un coup de clochette sort Jeanne de sa lecture.

Elle se lève péniblement de son fauteuil Voltaire. Ses jambes ont du mal à supporter le poids des années.

A pas lents, Jeanne se dirige vers la porte.

Qui peut bien sonner à cette heure-là ?

Personne ne vient par ici ! Même le facteur vient rarement.

Jeanne et Jean son époux demeurent dans cette immense propriété privée de cinq hectares, à vingt kilomètres du village le plus proche.

Le portail au bout du parc reste ouvert depuis le départ de Jean le matin jusqu'à son retour le soir, n'interdisant pas les visites surprises. Ils sont totalement isolés et ne fréquentent personne.

Jeanne ouvre la porte.

Se présente un homme grand, portant un Borsalino. Son teint couleur chocolat au lait, et chevelure ébène, laissent supposer qu'il est de type méditerranéen. Un naissant bouc épouse l'ovale du visage. Il possède un irrésistible regard aux yeux couleur jais devant lequel toute femme se pâmerait. Son large sourire dévoile de belles dents blanches lui donnant une mine bien sympathique. Il a la carrure large, un corps svelte, il est bien élégant dans son costume en tergal gris clair.

Il a revêtu « ses habits du dimanche, » pense Jeanne.

— Madame Cybarge ? Bonjour ! dit-il en soulevant son Borsalino.

— Bonjour Monsieur... ?

- Monsieur Benali ! Ali Benali !

Effectivement le prénom confirme sa première impression. Cette personne est bien méditerranéenne.

- Oui ? Que puis-je pour vous ?
- Je désire m'entretenir avec vous ! Puis-je entrer ? Monsieur Cybarge est-il là ?

Sans hésitation Jeanne accepte précisant que son époux n'est pas à la maison.

Ali découvre alors un immense salon bien éclairé, orienté plein Sud. Un parquet ciré sentant l'encaustique fraîche… des fauteuils Voltaire en tissus de velours vert foncé…une table basse rectangulaire aux pieds recouverts de fines feuilles d'or sur laquelle repose une plaque de marbre… une gigantesque bibliothèque aux longues étagères en marqueterie aux essences différentes sur lesquelles reposent des chefs d'œuvre littéraires de toutes tailles rangés de manière insolente…

Ali s'installe dans le fauteuil, croise une jambe et pose délicatement ses mains sur les accoudoirs.

Malgré une apparence décontractée, Ali est intimidé par cet intérieur cossu, mais parvient quand même à se laisser bercer par la douceur de ce cocon.

Jeanne s'assoit en face de lui, et l'interroge du regard.

Cependant Ali reste muet. En effet, il a du mal à entamer le débat. Alors qu'il avait à maintes reprises répété son scénario, le voilà paralysé !

Jeanne ressentant son malaise, lui demande alors avec une délicate douceur :

- Puis-je vous offrir à boire ?

- Volontiers ! Répond Ali rassemblant ainsi son courage pour entamer la discussion.

- Je vous écoute… l'incite alors Jeanne.

- J'arrive d'Oran, entame Ali avant de déguster sa première gorgée de thé encore fumant.

Oran…En entendant ce nom Jeanne frémit, tressaille. La tasse manque lui échapper des mains.

L'esprit de Jeanne se plonge dans un profond et ancien souvenir. Cela fait plus de 50 ans qu'elle n'a pas eu de nouvelles de sa ville natale.

Oran…sa jeunesse ! Oran ! Ville lumineuse, au Nord de l'Algérie.

Jeanne se revoit dans la maison de ses parents. Une maison face à la mer où les vagues viennent mourir sur la plage de sable fin. Elle allait souvent y passer ses après-midis avec son taquin de petit frère qui lui mettait des crabes vivants dans le maillot, et avec sa jeune sœur qui flirtait en cachette avec un pilote de ligne devenu par la suite son mari. Elle se revoit également se promenant avec sa sœur et sa tante sur le Boulevard Marceau, grande artère aux bâtiments Haussmanniens… Et ce grand magasin de confection « Au Bon marché » dans lequel elle allait faire quelques emplettes ! Qu'est-il devenu ?

Et son Lycée où elle a passé son baccalauréat avec mention !

Dieu qu'elle était bien à Oran. Et Salima ? Sa meilleure copine qu'elle n'a plus jamais revue dès le début des affrontements pour l'indépendance de ce pays, et Nora ? La personne qui s'occupait de la maison et que son père voulait absolument faire venir en France avec sa famille pour fuir les horreurs de cette guerre. Et untel et unetelle dont elle a oubliés pour certains les prénoms que sont-ils devenus ? Si la guerre ne les a pas emportés, ils ont continué leur vie dans une Algérie nouvelle.

Elle ne l'écoute plus guère… la voix d'Ali devient de plus en plus lointaine, les mots ricochent dans son oreille…

Ali poursuit cependant son récit :

-       C'était en 1961 m'a relaté ma mère. Jean, votre mari, a rencontré ma mère un soir dans un bar. Neuf mois plus tard je naissais.

-       Eh oui Madame Cybarge ! Je suis le fils de votre mari… Voilà les raisons qui m'ont conduit d'Oran jusqu'à vous, la famille Cybarge ! C'est ainsi que se rejoignent nos histoires.

Soudain elle sursaute :

-       Vous m'entendez Madame Cybarge, je suis le fils de Jean…

Evidemment, Jeanne l'entend ! Comment ne pas entendre ?

Jeanne ôte ses lunettes, essuie discrètement une larme tout en retenant quelques sanglots étranglés dans sa gorge.

Ali s'en aperçoit. Suspend sa phrase en plein milieu. Regarde Jeanne. Reste dubitatif. Il est gêné, culpabilise.

Trois minutes silencieuses s'écoulent. Trois longues et interminables minutes. Ali se sent mal, puis rompt le silence. Pose du bout des lèvres la question la plus banale du monde :

—   Madame Cybarge, vous allez bien ?

Jeanne interpellée sort rapidement de ses pensées, se ressaisit pour cacher son émoi.

—   Oui ! Oui ! Excusez-moi ! Ca vous dirait de faire quelques pas avec moi dans le parc ? Mes jambes ont besoin de se dégourdir.

34

Ali, se lève d'un bond, Jeanne prend un peu plus de temps pour développer son corps et le mettre à la verticale.

En gentleman, Ali lui tend son bras. Jeanne l'accepte volontiers, puis ils sortent en tirant délicatement la porte derrière eux.

Doucement, Jeanne et Ali cheminent dans cet immense parc très arboré où se mêlent arbres fruitiers et arbres décoratifs, leurs pieds entourés de massifs fleuris. Des allées de gravier blanc permettent de déambuler sans piétiner le gazon fraîchement tondu. Des odeurs d'herbes fraîches viennent émoustiller les narines sans compter les parfums des rosiers en bordure d'allées.

Ali partage et commente la beauté de ce parc.

Jeanne est fière de sa propriété, construite au fils des années.

Chemin faisant, Ali découvre un petit étang recouvert de nénuphars en pleine floraison sur lesquels quelques grenouilles coassent sous les rayons du soleil.

Situé près de la sortie, ce joli puits aux briques rouges en terre cuite sur lequel grimpe un lierre cachant quelques lézards, est le signe que, pour Ali, la balade prend fin…

Jeanne rentre alors à la maison, se réinstalle dans le fauteuil et reprend sa lecture.

18 Heures, Jean rentre

Comme tous les soirs, il embrasse sa douce sur le front, lui caresse avec tendresse les cheveux blanchis par l'âge, puis s'installe face à elle et regarde avec une immense adoration son amour de toujours.

Jeanne raconte l'étrange visite de l'après-midi.

Jean écoute patiemment ce récit et reste pantois, stupéfait d'apprendre qu'il a eu un fils avec la seule et unique Algérienne qu'il a connue un soir dans un bar, pour oublier les atrocités de la guerre d'indépendance.

Tout se bouscule dans sa tête… Il a eu un fils avec cette femme ! Il est sûrement revenu pour avoir sa part d'héritage ! Et Gabriel ? Notre fils ? Dans tout ça ? Comment va-t-il le prendre ? Va-t-il le comprendre ?

Jeanne et moi avons acquis tous ces biens pour Gabriel !

- Où est-il demande Jean ? Où puis-je le voir ? Va-t-il revenir ?

Jeanne met du temps avant de répondre …Puis dit :

- Oh ! Il n'est pas loin ! Il est juste à côté de nous…

Jean fronce le front affichant une interrogation surprenante.

- Il est là-bas, au fond du puits !

- Parfait ! dit Jean, tu as pensé à tout ! Comme je t'aime ma douce !

Jean et Jeanne reprennent alors leur vie quotidienne.

LE JOURNALISTE

Jérôme, journaliste international spécialisé dans les événements africains, a été pris en otage lors d'un reportage brûlant. Cette détention s'est mal terminée. Les ravisseurs ayant mis fin à sa vie.

Aujourd'hui, ce sont ses obsèques. La journée est bien triste.

Léa, les yeux rougis et bouffis par les larmes que masquent de grandes lunettes, est toute de noir vêtue.

L'église romane du petit village natal de Jérôme se remplit peu à peu.

Elle attend sur le parvis de l'Eglise son amie Juline, l'épouse de Jérôme, afin de l'accompagner dans cette douloureuse épreuve.

Léa l'apercevant au loin, se dirige vers elle et l'étreint de toute la force de son amitié.

Très recueillies, têtes baissées, elles entrent dans l'église déjà bondée. Le cercueil est installé face à l'autel, prêt à recevoir le sacrement.

Alors que le prêtre fait son prêche, une agitation se fait ressentir, des têtes se retournent réprimant des exclamations, des onomatopées. Plus personne n'est à l'écoute. Seules les familles du premier rang restent centrées sur ce moment émouvant.

Un brouhaha trouble la sérénité de la messe, des visages se figent alors que d'autres laissent exprimer des soulagements.

Le prêtre lève la tête, suspend son discours…

Dans l'allée centrale, un homme au visage crispé, émacié mais bien rasé se dirige vers le cercueil.

Surprises par cette ambiance indisciplinée elles dirigent leurs regards vers l'allée. Juline, abasourdie, choquée, tétanisée, écarquille les yeux. Léa, stupéfaite, interloquée, reste bouche bée.

Jérôme est là ! Il se dirige vers son épouse, et la prend dans ses bras. Tous deux s'étreignent, mêlant sanglots et baisers.

Il lui glisse à l'oreille : « Pardon ».

Le curé s'essuie le front puis s'assoit. La situation lui échappe, il en perd son latin. Il a déjà vu des situations cocasses lors de mariages, mais un « défunt/revenant » cela, il ne l'avait jamais vécu auparavant !

- « Mais qui donc enterrons-nous ? » Murmure le prêtre.

Jérôme, se sentant responsable de tout cet émoi, se dirige vers le pupitre et prend la parole :

- Je vous demande de bien vouloir me pardonner de vous avoir causé ce chagrin. En captivité avec d'autres journalistes pendant six longs mois, je n'ai pas cessé de penser à vous « ma famille, mes amis ». Je revoyais tous les moments heureux passés auprès de vous. J'en imaginais des prochains. Il m'était impensable de ne plus vous revoir, même si le glaive de la mort flottait au-dessus de ma tête. Je me nourrissais de ces futurs pour sauver mon mental. Vous étiez ma force de vivre. Mon espoir du lendemain. Cette force psychologique, ajoutée à l'amour que je vous porte et à celui que vous me donnez, a fait de moi un homme fort, même si aujourd'hui je vous semble brisé. Me retrouver devant vous le jour de mes obsèques me réconforte dans le sens où je vous sais soulagés de me voir en vie, et cela même si la personne qui se trouve dans ce cercueil à ma place va terriblement me manquer. Si je suis là, à vous clamer tout mon amour, c'est par la Grâce de Dieu qui a voulu mettre sur mon chemin, un être très pieu : Hervé ! Un homme exceptionnel !

Grâce à ses prières je ne sombrai dans le désarroi, ni dans la dépression. Nous nous ressemblions : même carrure, même taille, et notre barbe de six mois cachait nos traits plus personnels. On aurait pu nous prendre pour des jumeaux.

Un matin, à l'heure du lever du soleil, la porte de notre geôle s'ouvrit avec fracas. Le gardien appela trois noms, dont le mien. Je me liquéfiai sur place. La fin de ma vie venait de sonner.

Je rassemblai toutes mes forces. Toutes mes dernières pensées allèrent vers vous mes proches et je priai pour que Dieu vous garde.

Mais Hervé fut plus rapide que moi. Il se présenta à ma place au gardien des portes de l'enfer.

Je fis preuve de lâcheté ! N'est-il pas humain que de vouloir sauver sa peau ? Mon esprit vif et réactif fonctionna cette fois-ci plus vite que le mur du son, faisant le constat suivant : « si tu interviens, deux vies vont mourir. Tes ravisseurs ne sont pas dans la compassion ».

Je restai silencieux. Hervé et moi, nous nous regardâmes sans dire un mot, nous baissâmes la tête pour ne donner aucun signal qui aurait pu mettre nos vies en péril.

Hervé était très croyant et pour me sauver, il appliqua le verset de l'apôtre Jean : « Nul n'a d'amour plus grand que celui qui se dessaisit de sa vie pour ceux qu'il aime. »

Celui que vous enterrez est bien Jerôme Candella. Par ce symbole, j'offre une famille à celui qui a sauvé la mienne. Hervé est orphelin. Sa famille a disparu dans un accident de voiture, lui seul s'en est sorti et depuis il se nourrissait de la lecture de la Bible. Je vous demande de Le chérir, de Lui parler, car Il est devenu Moi, et surtout de L'aimer comme vous m'aimez. Je m'appelle désormais Hervé Schmidt.

J'ai encore une révélation à vous faire.

Si la Foi ne m'avait pas accompagné, je n'aurais pas pu surmonter cette douloureuse épreuve que fut la captivité.

Hervé me disait :

« Si je sors de cet enfer vivant, je vouerai ma vie à Dieu. Je serai missionnaire pour rester auprès de ceux qui comme moi connaissent l'enfer et la souffrance ».

Hervé la gorge serrée, continue sa déclaration :

- Aussi j'ai décidé de devenir le Serviteur de Dieu. Je vais suivre La Lumière de Notre Père Eternel. Ne m'en veuillez pas, je resterai toujours près de vous par la prière. Je vous aime. Je rejoins le séminaire.

L'évêque m'attend.

L'assemblée abasourdie par cette nouvelle, reste silencieuse.

Juline s'agenouille, se signe, et récite un « Notre Père », repris par le prêtre, puis par l'ensemble des gens dans l'Eglise. Elle sait qu'elle a perdu son mari une nouvelle fois. De le savoir vivant cela l'apaise.

Jérôme fait le signe de croix, laisse la place au prêtre encore sous l'émotion de cet étrange enterrement.

A pas lents, sans se retourner, il se dirige vers la sortie.

Son passé est derrière lui, il va suivre la Lumière de Dieu, comme l'aurait fait Hervé.

MER DE GLACE

Il fait froid ! Très froid ! - 6 °.

Angèle porte une chapka en cuir fourrée. Elle est emmitouflée dans une canadienne, ses mains sont bien au chaud dans des gants. Elle porte également un pantalon épais et ses pieds sont chaussés de boots blancs. Elle n'a jamais connu un froid aussi rigoureux ! Même si l'hiver cède la place au printemps, les températures restent encore basses.

Angèle vient d'hériter de son oncle d'un joli chalet au Nord de l'Islande. Cette habitation est face à la mer du Groenland. Cette immensité d'eau d'un bleu profond est sans cesse agitée par des vagues venant s'écraser sur les côtes rocheuses aux arêtes bien aiguisées. L'écume blanche de la houle adoucit ce bleu dur, lui donnant ainsi un reflet lumineux. Une colonie de macareux-moine stationne sur les bords de la côte. Les mâles s'apprêtent à décoller pour aller chercher le repas de midi, tandis que les femelles, en position couveuse, scrutent l'horizon de leur regard perçant.

Un peu plus loin, quelques sternes, becs et pattes rouges, plumage blanc et tête noire, sont immobiles sur des parcelles de mousse, signe que le printemps commence à s'installer.

Elle tombe sous le charme de la beauté de ce lieu, qui est aux antipodes de celui de sa vie précédente.

La voilà au bout du monde ! Husavik ! Petit village de bord de mer…Elle est là, plantée, bouche bée, découvrant son héritage islandais : une maison très colorée : toit rouge vif, murs couleur vert tendre, grandes fenêtres à petits carreaux sans volets, avec vue sur l'océan. Une magnifique balustrade en bois blanc donne une lumière éclatante à ce tableau riche en couleurs.

Elle est sous hypnose. Elle découvre pour la première fois de sa vie ce bleu de l'océan infiniment grand qui reflète sérénité, calme, apaisement.

Comment ai-je pu aimer cette vie urbaine parisienne si bruyante et si bouillonnante ? Fulmine -t-elle consciente du temps perdu.

Maintenant, confortablement installée dans un rocking-chair, depuis le balcon, elle scrute l'horizon des heures durant, tantôt avec des jumelles, tantôt sans. Bien couverte, le froid ne la perturbe pas.

Soudain, dans cette immensité bleue, une masse s'anime au bout de l'horizon…. Puis une seconde… puis une troisième…

D'abord intriguée, elle est rapidement saisie d'angoisse par ce phénomène étrange.

Elle attend fébrilement…

Ces blocs noirs et gris jaillissent de nouveau de l'eau comme un geyser, puis replongent et ainsi de suite pendant un laps de temps qu'elle ne saurait préciser, trop accaparée par le spectacle.

Ah ! Ce sont des baleines ! comprend-elle enfin.

Une immense joie l'envahit alors ! Elle n'avait jamais vu de cétacés.

Rivée à la balustrade, elle assiste à un magnifique ballet…

Elle les observe, et ressent l'envie folle et soudaine de les appeler.

Cet enchantement se reproduit tous les matins plongeant Angèle dans une extase telle qu'elle n'y voit rien de plus que du bonheur à prendre.

Les baleines jaillissent, sautent, plongent, éclaboussent, ouvrent leur gueule laissant apparaître quelques fanons puis se mettent à chanter.

Leurs chants sont parfois graves comme un barrissement d'éléphant, ou stridents comme un miaulement de chatons réclamant la tétée, on dirait même parfois un ronflement, ou un hurlement de loup en pleine forêt sibérienne.

Elle est aux anges. Les baleines semblent avoir adopté Angèle qui pense qu'elles sont devenues amies.

Soudain, à sa droite, Angèle aperçoit des hommes en train de jouer avec des télécommandes.

Angèle se demande à quoi peuvent jouer ces hommes ? Parfois elle les voit prendre des notes…

Ils jouent probablement à la bataille navale avec d'autres personnes non visibles par elle. ! Leurs cibles sont peut-être des sous-marins ? Songe-t-elle.

Quelques matins plus tard, les baleines ne sont pas au rendez-vous ! Chagrine, Angèle en profite pour aller acheter son pain et son journal dans l'unique magasin qui fait épicerie et estaminet au cœur du village.

A cette heure-là, d'habitude les baleines dansent pour moi ! Se dit-elle nostalgique.

Elle s'installe ensuite sur la terrasse de ce café face à l'océan, conservant le désir de les apercevoir.

Elle est toujours dans sa rêverie quand elle surprend alors une conversation « mi anglaise mi dialecte islandais » entre deux autochtones assis à la table d'à côté.

Angèle parle l'anglais couramment, exigence de son ancien métier d'administratrice internationale, et comprend qu'ils travaillent dans un domaine technologique robotisé.

Intriguée, Angèle les écoute discrètement. Ils échangent d'abord des banalités puis très vite, ils s'expriment dans leur dialecte islandais ce qui redouble la curiosité d'Angèle.

Elle saisit alors au vol trois mots d'anglais qui viennent de leur échapper.

Les hommes éclatent d'un rire qui devient fou. Ils rient maintenant de plus en plus. Les deux hommes la regardent subitement du coin de l'œil se tenant les côtes afin de calmer leurs spasmes liés à leur hilarité.

Angèle prend ombrage de leurs attitudes.

Qu'a-t-elle, ou quel comportement a-t-elle eu pour déclencher un tel fou rire ?

Angèle reste perplexe, dirige son regard vers l'océan, puis décide de rentrer chez elle. Elle se sent mal à l'aise.

Une fois chez elle, elle s'installe sur son balcon. Même si leur rendez-vous n'est pas planifié elle guette encore les baleines. Elle a besoin de les voir pour oublier les moqueries de ces hommes !

Soudainement lui vient un flash, les deux hommes ! Mais oui ! Ce sont eux ! Les hommes à la télécommande…

Le lendemain elle est au rendez-vous. Elle les attend …

Elle aperçoit au loin les hommes vus la veille…

En l'absence de ses amies, Angèle concentre toute son attention sur eux. Ils n'ont pas leurs télécommandes, c'est étrange ils prennent des notes.

Son esprit revient sur le vide provoqué par l'absence de ses amies.

Elle imagine toutes les hypothèses, les égrène comme une femme pieuse le ferait avec son chapelet : une bactérie…une chasse à la baleine…une migration…un suicide ?

Elle réfléchit…

Soudainement ! Les trois mots anglais surgissent dans son esprit.

Ca y est ! Elle vient de comprendre : Whale ! Piece of machinery : baleine, pièce détachée : robot !

Ce sont de fausses baleines…Des robots !

Cette réalité percute son âme comme une flèche en plein cœur.

Ces hommes animaient des robots !

Angèle se précipite vers la table du salon et saisit la version anglaise du quotidien: « Morgunblaðið ».

Alléluia ! Angèle trouve l'article qui l'intéresse :

« Des ingénieurs en électronique et robotique ont créé à des fins scientifiques des baleines robotisées grandeur nature ! Actuellement ils testent leur mécanisme avant de les mêler aux réels cétacés afin d'analyser les comportements de ceux-ci. Ce programme a pour but de comprendre le suicide collectif des cétacés, mystère de la nature non encore élucidé »

Dès cet instant, tout devient limpide pour Angèle !

Elle sombre alors dans un profond trouble émotionnel ! Elle est abasourdie. Ses jambes flagellent. Elle s'assoit. Malgré son ancien statut de manager, Angèle est une personne hyper sensible, prenant au premier degré tous les éléments de sa vie.

Elle s'est laissé abuser ! Quelle femme crédule ! Quelle femme naïve ! Voilà la raison de leur fou rire… L'unique erreur qu'elle a commise est de s'être laissé prendre au piège ! Peste Angèle ! La honte l'envahit ! La rage mêlée au désespoir la rend morose ! Elle s'était attachée à ces animaux, elle va être bien seule désormais !

Dépitée, désabusée, triste, effondrée, émue, elle rentre. Ferme la fenêtre ! Quitte la maison ! Descend les escaliers ! Essuie quelques larmes…

Son cœur est brisé. Ces baleines étaient ses amies, sa joie, sa raison de vivre. Elles lui ont montré une autre vision de la vie que sa vie parisienne. Elles lui ont ouvert l'esprit sur un monde où la rivalité, où le paraître n'existent pas ! Ce monde animal lui a appris la simplicité, le bonheur de la nature.

Angèle se rapproche des scientifiques, les fixe du regard, et leur lance :

- Vous n'auriez jamais dû !

Les hommes froncent le regard d'un air interrogatif.

Angèle maintient son attitude.

Très croyante, elle pense qu'il existe une vie après la mort. Elle va poursuivre son rêve avec les baleines, là où personne ne pourra la tourner en dérision. Elle quitte le monde des humains pour rejoindre celui des cétacés qui l'ont fait rêver des semaines durant.

Dans un profond désarroi, sous le regard médusé de ces hommes, elle se jette du rocher…

Ils n'ont pas eu le temps de la retenir…

Le jour se lève sur Husavik, on peut lire à la Une du quotidien « Morgunblaðið »

« Angèle » !

Nom donné au programme scientifique destiné à analyser le suicide collectif énigmatique des baleines.

La presse scientifique salue ce geste envers Angèle actrice et victime de ce projet expérimental.

SOMMAIRE

- La diagonale des fous............ page 9
- Au pays de Fayence............... page 21
- Emouvantes retrouvailles......... page 31
- Le journaliste.................... page 37
- Mer de glace...................... page 41

DU MEME AUTEURE

Sentiments Intemporels
Premières Nouvelles
Books On Demand
Janvier 2018

© 2018, Godart, Dominique
Edition : Books on Demand,
12/14 rond-Point des Champs-Elysées, 75008 Paris
Impression : BoD - Books on Demand, Norderstedt, Allemagne
ISBN : 9782322102921
Dépôt légal : février 2018